Manual de Piratas

Serie: Manuales

© de esta edición: CUENTO DE LUZ SL, 2010
Calle Claveles 10, Urb. Monteclaro
28223 Pozuelo de Alarcón
Madrid, España
www.cuentodeluz.com

© del texto y de las ilustraciones: Mónica Carretero, 2007
2ª edición
ISBN: 978-84-937814-3-9
DL: M-47442-2010

Impreso en España por Graficas AGA SL
Printed by Graficas AGA in Madrid, Spain,
November 2010, print number 65691

MIXTO
Papel procedente de
fuentes responsables
FSC® C003935

Texto e ilustraciones:
Mónica Carretero

Manual de Piratas

CUENTO
DE LUZ

¡Ja, ja, ja, ja! ¡Ja, ja, ja! ¡Ja, ja, ja!

¡Vaya ataque de risa!, pensarás. Estás muy equivocado.
No, no es un ataque de risa, es la primera lección que aprende
un buen Pirata: saber reírse a carcajadas, a sonoras y terroríficas
carcajadas, carcajadas que hielan la sangre.

La segunda lección es aprender simultáneamente —es decir,
a la vez que te ríes— a dar algún puñetazo en la mesa.

Y... más difícil todavía, mientras realizas tan
complicada maniobra... ¿Eres capaz de coger con la
otra mano un vaso lleno de agua, sin que se te
caiga una sola gota con el movimiento?

Se
busca

¿Y estarías dispuesto a hacer todo esto con un ojo tapado por un parche?
Si eres capaz, entonces estás preparado para ser un Pirata,
un gran Pirata.

¿Qué es un Pirata?

Los Piratas son
aventureros, osados,
intrépidos, valientes
y un poco tramposos.
Su patria es la mar;
su destino, vagar por los
océanos.
Son amigos de lo ajeno, pero
sólo roban a los que tienen
más de lo que necesitan.
Son enamoradizos
y muy coquetos.

Piratas desconocidos para la Historia

Malvado

Risueña

Guapetón

Bajito

Patapalo

Enfurruñada

Comilón

Malaspulgas

Hechicera

La Pirata Risueña

Es la sonrisa
lo primero que enseña.
Valiente, intrépida y ágil,
engaña al enemigo
con su aspecto frágil.

El Pirata Guapetón

Todo su cuerpo está tatuado;
y dice la leyenda
que en su espalda tremenda
oculta un tatuaje,
con el mapa dibujado
de un tesoro no encontrado.

La Pirata Enfurruñada

Tiene a sus
enemigos fritos;
hasta en alta mar
se oyen sus

¡gritooos!

El Pirata Comilón

Come sin ton ni son.
Deja a sus enemigos
hambrientos
y nada contentos...
¡siempre les quita
sus alimentos!

💀 El Pirata Malvado

Nadie quiere
estar a su lado.
La cabeza
le funciona
fatal, todo
lo hace
mal.

El Pirata Bajito

Compensa
su voz de pito
alzando los puños al
cielo y gritando
sin desconsuelo.

Juramento Pirata

 El mar es tu vida;
el barco tu hogar.

 La tripulación es tu
familia, y como a ésta
la deberás cuidar y querer.

No saldrán secretos
de tu boca.

Repartirás los tesoros
con los miembros de tu
tripulación.

No dejarás al enemigo
abandonado en el mar
sin agua, sin comida
y sin brújula.

¿Qué no debe faltarle a un Pirata?

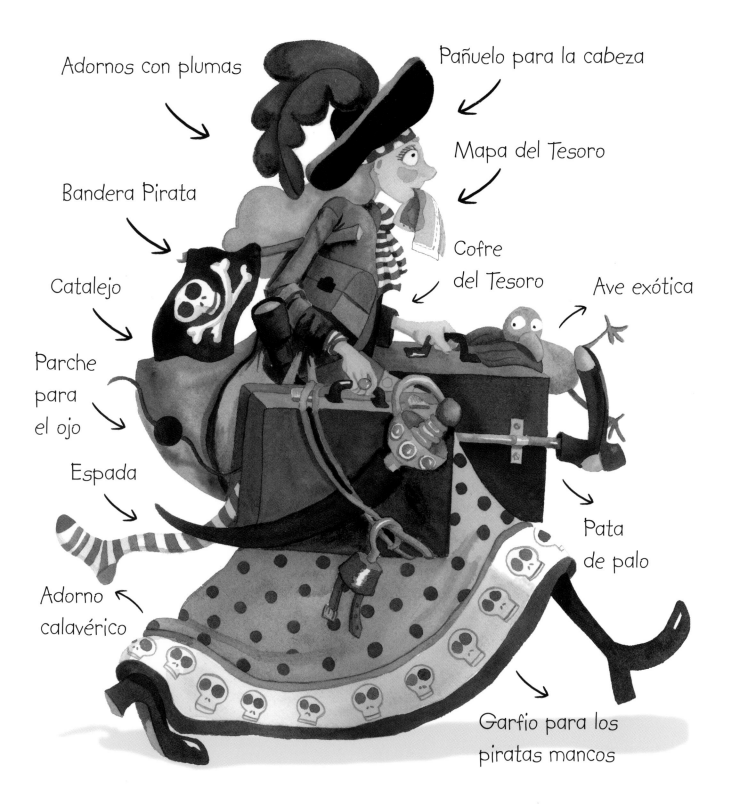

Adornos con plumas

Pañuelo para la cabeza

Bandera Pirata

Mapa del Tesoro

Catalejo

Cofre del Tesoro

Ave exótica

Parche para el ojo

Espada

Adorno calavérico

Pata de palo

Garfio para los piratas mancos

Partes del barco

El Barco Pirata

Los Piratas pasan la mayor parte de su vida en el barco. Existen muchas clases de barcos: más grandes, más pequeños, más veloces o menos, con muchos o pocos cañones...

La Tripulación

Capitán Pirata

Segundo
de a bordo

Tercero
de a bordo

Capitana Pirata

Cocinero

Vigía

La tripulación está formada por todas las personas que viajan en el barco a las órdenes del Capitán o Capitana Pirata. Son una familia dentro y fuera del barco. Comparten vivencias, alegrías, tristezas, leyendas y...tesoros

Madre del Capitán Pirata

Grumetes

Vocabulario Pirata

Aquí te mostramos algunas de las palabra más utilizadas por los Piratas:

 Calavera: conjunto de huesos de la cabeza, sin carne y sin piel. Tampoco tiene ojos ni nariz, ni orejas. Algunas conservan una dentadura perfecta.

 **Catalejo:** aparato extensible que te permite ver cerca cosas que están muy lejos o muy, muy lejos.

 Garfio: artilugio de hierro con forma de gancho que permite coger cosas al Pirata manco.

Pata de palo: pierna postiza hecha de madera que utilizan los Piratas que perdieron una pierna en algún abordaje

Isla: porción de tierra rodeada de agua por todas partes.

Tesoro: joyas, dinero, objetos preciosos y documentos secretos guardados en un cofre y que están muy, pero que muy escondidos.

 **Parche:** trozo de tela, papel o cuero que sirve para tapar algo. Los Piratas lo utilizan para tapar un ojo enfermo o un ojo inexistente.

Bandera Pirata: trozo de tela negra con una calavera dibujada en blanco, que atada a un palo sirve de carta de presentación para los temidos Piratas.

Código Pirata

Los Piratas, para salvaguardar sus secretos, utilizan un código para evitar que otros Piratas puedan encontrar sus tesoros. Cada Pirata tiene su código, y sólo él sabe cómo leer los mensajes que se ocultan en los mapas del tesoro.

Un ejemplo de mensaje codificado sería éste:

sludwd

¿A que no entiendes nada? Esta palabra está escrita con el código TRES, en el que cada letra de la palabra original se sustituye por la tercera que le sigue en el abecedario.

Por ejemplo, si quieres escribir la letra "a" con el código TRES deberás escribir la letra "d".

@ b c d e f g h i j k
l m n ñ o p q r s t u
v w x y z

La palabra "sludwd" en realidad es Pirata.
Ahora podrás descifrar el mensaje codificado del mapa del tesoro.

Desfiladero
Tenebroso

Bosque
del Corsario

Volcán
Furia

Desfiladero
del
Fuego

Poblado
caníbal

Lago de las
Tinieblas

Caladero
Este

Arenas
movedizas

¿Dónde está
escondido el tesoro?

hñ whvrur hvwd
edmr hñ duerñ odv
dñwr ghñ ervtxh
ghñ fruvdulr

as
izas

z z z

Lugar de
descanso

N

O   E

S

Piratas de nacimiento o por vocación

Si ser un Pirata supone una vida llena de complicaciones: meses fuera de casa, siempre batallando, grandes tempestades, patas de palo, garfios, soledad, tesoros nunca encontrados...
¿Por qué alguien se decide a ser Pirata?

Algunos sienten la llamada del mar. Dicen que cuando esto ocurre, el mar se convierte en tu gran y único amor.

Otros se deciden debido a sus ansias por recorrer el mundo.

Y a otros muchos el interés les viene de familia, ¡y menuda familia!:
padres, abuelos, tíos, primas, cuñados, suegras,
hermanas... hasta el perro.

Los Piratas y las Piratas

Tanto ellas como ellos son fuertes, valerosos, ingeniosos, y están llenos de energía para surcar los mares, descubrir nuevas tierras y encontrar grandes tesoros. Su respeto es mutuo, no importa si son hombres o mujeres; son piratas y grandes aventureros.

Al final de la travesía... comer, cantar y bailar
Meses sin pisar tierra firme y por fin el vigía
grita: ¡¡tierra a la vistaaaaa!!
y una alegría, que les sube desde la planta
de los pies, les invade el cuerpo. Están en
su segundo hogar, estable,
seco y cómodo.

Comer, cantar y bailar, eso les chifla a los Piratas cuando llegan a tierra. Por la noche se reúnen para contarse sus proezas; les encanta alardear de sus andanzas. Pero hay un peligro: tanta comida y tanta alegría pueden pillarles con la guardia baja, y algún listo puede aprovechar para sonsacarles información secreta, o peor aún, para robarles el mapa del tesoro.

¿Qué hace un Pirata cuando deja de ser Pirata?

Un Pirata jamás de los jamases deja de ser Pirata. Pero un buen día, empieza a notar que le flaquean las fuerzas, que le duele la pata de palo, que el garfio le chirría y que ni con el catalejo es capaz de ver lo que tiene al lado; se ha hecho mayor y es hora de un merecido descanso. ¿Dónde? En el mejor lugar del mundo: **isla Peroné.**

Adelante, querido Pirata

Ponte un parche en el ojo, luce un gran sombrero
y construye tu propio barco. Imagina el mar
ante tus ojos, siente cómo la brisa salada acaricia tu cara,
saborea la aventura..., disfruta de ser un gran Pirata.

FRÁGIL

Actividades Piratas
Sopa de letras

Busca las siete palabras relacionadas con las ilustraciones.
Las puedes leer de arriba abajo o de izquierda a derecha.

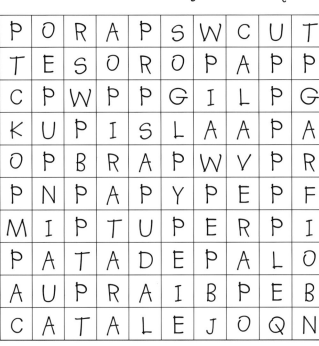

P	O	R	A	P	S	W	C	U	T
T	E	S	O	R	O	P	A	P	P
C	P	W	P	P	G	I	L	P	G
K	U	P	I	S	L	A	A	P	A
O	P	B	R	A	P	W	V	P	R
P	N	P	A	P	Y	P	P	P	F
M	I	P	T	U	P	E	R	P	I
P	A	T	A	D	E	P	A	L	O
A	U	P	R	A	I	B	P	E	B
C	A	T	A	L	E	J	O	Q	N

Solución: Garfio, pata de palo, isla, catalejo, calavera, tesoro, Pirata.

Adivinanzas

Verde como la hierba
y hierba no es.
Habla como un
hombre y hombre
no es.

Sólo por cielo
o por mar
hasta allí podrás
llegar.

Tiene una
pata de palo,
un ojo a estribor,
un diente de oro y
un barco con cañón.

Solución: Loro.

Solución: Isla.

Solución: Pirata.

Las siete diferencias

Busca las siete diferencias que hay entre los dos dibujos.

Solución: Mapa del tesoro, medallón, zapato Capitana Pirata, manzana tenedor, calavera del brazo, parche del ojo, flor del collar.

Descifra el mensaje

Si has leído con atención este Manual y te has aprendido bien la lección, sabrás descifrar el siguiente mensaje.

Ñdv jdpdv gh kdfhu b ghvfxeulu frvdv wh kdudp vhu xp sludwd ihñlc.

Solución: Las ganas de hacer y descubrir cosas te harán ser un Pirata feliz.